群山叢書第二七〇篇

歌集 蒼茫

牧野 房

現代短歌社

目次

再びを病む　二〇〇五年　7
山鳩のこゑ　10
追　悼　13
時惜しむ　15
酸漿の枝　19
羽後の旅　22
雪　雲　23
来む春　二〇〇六年　27
きさらぎの雨　30
歌のえにし　32
山茱萸の花　35
阿らず　38
少年文明　41
秋の旅　44
藤沢周平展　46
君の油彩画　48
孫嫁ぐ　49
冬の靄　51
冬　桜　二〇〇七年　55
夫の忌　58
兄逝く　60
老いの慰め　62
化学を究むると　65
蔵王山麓　67
成行きにまかせて　68
玉川温泉　72

盆地霧 74
三面川 77
銀杏大樹　二〇〇八年 81
読めぬ漢字 82
年長者 84
六十里越 88
飯豊の峰 90
曾孫を抱く 94
貧しき心 95
菩薩像 98
彼岸会 100
刈田の靄 103
雪の月山　二〇〇九年 106
造影剤 108
父母の肖像画 110
倭舞 114
梅花うつぎ 116
白衣の天使 118
岩燕 121
世の移ろへば 122
十六夜の月 124
心萎えて 126
笠雲 129
元旦のひかり　二〇一〇年 133
春待つ心 134
フリージア 137

小鳥らのむれ 140
最上川の風 142
藤沢周平記念館 144
夫の墓前 147
霧の流れ 149
小田仁二郎生誕百年 153
大石田資料館 156
杉 落 葉 158
雲流れゆく　二〇一一年 162
除 雪 車 165
三月十一日 168
雪折れ枝 171
友ありて 174
夏 椿 176
蟬 の 声 179
硫 黄 泉 181
怠惰の日 183
寂聴師讃歌 187
晩 秋 190
声偲ぶのみ 193
空あをく　二〇一二年 196
春 の 嵐 199
登高望遠 202
楢 若 葉 204
金環日食 206
あとがき 209

蒼茫

再びを病む

二〇〇五年

若きらは後継がぬらし春先の葡萄畑に老いら働く

杉木立に黄なる花粉の流れをり東の高みに飛びてゆくらし

去年今年障り多くして老い深む丘の桜まで歩みかなはず

人の力即金の力と決めるのか否みつつなほため　らひのあり

老いて今同情を乞ふ有様《やう》を吾は好まぬやれる　だけやらねば

再びを病むわれにみな問はざりき転移を疑ふ　も幾人かゐて

病名の告知なく友は逝きたるか空きしベッド　に涙溢るる

在りし日の友は誰からも好かれにき若かりし
日も老いたる後も

見舞にと遠く来りし友とゐて疲れ残りし一日
過ぎたり

混沌の世とは思へどいま少し生きたき欲出づ

再び病みて

食細きわがため兄の摘みくれし楤の若芽の香
りひろごる

山鳩のこゑ

退院して独りの朝餉となるわれに近々と啼く
山鳩のこゑ

恙あり籠りて寂し友来ればまたわづらはし若
葉の季を

声の張りよければ互ひに安堵すと電話に語る
週に一度を

厚着して昨日を今日を過ぐししが萌黄の芝生
を蛙はねをり

玄関の蕨の束は誰が置きし取りも直さずあく
抜きはじむ

図書館に新刊書を貪り読みたりきいま一冊を
もて余しをり

今になりて悔ゆる一つよ亡き兄にわが肖像画
頼まず過ぎて

半日の遠出にわれの疲れをり越えゆく山のすでに青葉して

一羽去りすぐ後を追ふ野鶲《のびたき》をり今朝ひさびさに庭に出づれば

杉に巻く藤丈高く花咲けり杉の形に彩りゆたかに

移る世に疎く過ごしぬ自らの病ひにかかづらひ早し半年

この径にわれを寄らしむる木の椅子あり時には下校の少年と共に

追悼

合歓の花の淡きに心沈みたり扇畑先生今は在さぬ

君ありて歌にいそしむ四十余年残る生にわが力のありや

旅順に生れみちのくに我らを導きし君の尊し
えにし尊し

三年前上山《かみのやま》にて手をとり合ひ健かなりき君の
まぼろし

移り変る世をたどたどと生きゆかむ君亡きを
思ふ槻の下蔭

孫とわれを似てるねと言ひましてにこやかな
りき扇畑先生噫

野薊の花茎ひとつすくと立つ草いきれする川
沿ひの道

雨あとのやや濁りたる川の上揚羽すれすれに
飛びて水吸ふ

時惜しむ

時惜しむ心切なり暑き日の流るる汗も生きて
ゐるゆゑ

賞受けし若きらの著書なじみがたく「愚者の
賦」を再び読みをり

亡き夫の求めし教育書処分せむ共々読みて書
き込みしもあり

山桑の青き落葉を掃きをれば幹より蟬のひと
つ飛び立つ

高齢者運転講習に自信失せ帰る道の辺稲穂が
匂ふ

暑き舗道横切る蛇よ早くゆけ悪戯好きの少年
らが来る

衰へし病後の顔も元気さうと励ましくるる友
あり今日は

終戦の二日後兄は復員しき人目はばかり夜に
入りてより

今在るは兄とわれのみあひ会へば父母偲び母
を賞めて言ふ

枝垂れて咲く凌霄花病みてよりうとむ心のなにゆゑならむ

夫在れば諍ふこともありぬべし気がねなき二十五年目の盆

黄の色の半月に思ふわが病ひ癒えてより早一年近づく

三か月摂生せよと言はるるに病ひ忘れて東京へ来ぬ

小雨降る街に出づるも億劫なり二年ぶりに来しガーデンパレス

酸漿の枝

二つ三つ実のつく酸漿の枝を挿し君を偲べり好み描きし

台風去り赤き蜻蛉の飛び交へり林檎畑のネットすれすれに

誤植一つ指摘しくるる友のあり老いてことさ
らわが有難し

友ありて労られ来し九月の旅川の湧き水に心
寄りたり

心足るといふにもあらず秋霧の片なびきせる
なかを歩みて

老いて病めば世の習ひ捨つるわが日々に子は
逆らはずまた関らず

蕎麦茎のひたし好みし母なりきその白き花今盛りなり

さびしくなり机の前に坐りしが読みも書きもせず夕づく早し

空青く真上に上弦の秋の月見守られてゐる如く思へり

最上川にはやわたり来し白鳥をせめて今年は見たしと思ふ

羽後の旅

漆蔵に百穂描きし雀の軸かかげてあれば嬉しくなりぬ

だいだい色にもみづる焼石岳光り仰ぎてわれは息を呑みたり

端《は》縫の衣裳着てなよなよと踊るさま手振りを真似す西馬音内《にしもない》に来て

若きらにねぎらはれ来し羽後の旅銘酒両関の
いはれも聞きぬ

のらくろがバス停に眠る絵に会ひぬ田河水泡
なつかしきかな　（マンガ美術館）

雪　雲

雪雲のあひだより差す光あれば車を運転し町
をめぐりぬ

実は醜男といふ義経の菊人形稚児の姿に笛吹くところ

南より北よりわれに会はむと来し孫らに親しみ涙わきたり

この宿の畳の上の亀虫に逃げる孫ありつまむ孫あり

雪晴れし朝の空を低く飛ぶ白鳥の声に驚くわれは

成りゆきに委せむと思ふわれなれど四人の孫
は一人も嫁がず

暁の夢の続きに君を思ふ凍る峠をかまはず越
えき

何処へゆく当のなけれどジャケット買ふ着ず
に終るかと兄の笑へど

二十二年通ひしスーパー閉ぢむとす冬の苺を
買ひてさびしむ

細き雨街に降りつつ飯豊山の上に虹立つ年逝かむとして
健やかに年越す幸せを喜べり去年の手術痕ややに薄れて

来む春

二〇〇六年

来む春をさまざまに計る今宵のわれ病ひも齢もしばし忘れて

孫と腕を組み石段を登りゆく雪の晴れたる今年の元日

照りかげりはげしき雪野をのろのろと車走らす眼疲れて

仕合せといふべきならむ癌転移せずに二年目の大雪の日々

付き添ひなく待ちゐるわれにかけ寄りてナースは独り暮しかと聞く

叢書二百四十八篇わが「流暉」扇畑先生に賜ふ最終番号

五十五年前河原に遊びし時の写真友は大きく伸ばし呉れたり

あきらめて看板屋になりし兄の絵が受賞したる夢ゆめはよきもの

街上も雪の野原も一斉に靄立ちのぼる日の差しくれば

わづか日の長くなりしか雪あかりか明るさ保つ夕べの部屋の

堂本印象描きし「華厳」の絵葉書に君の文字あり窿応案じて

きさらぎの雨

庭の雪に半ば埋もる朴の幹きさらぎの雨に冬
芽伸び立つ

うづ高き雪くれの向かう鋭くも百舌の鳴く声
空にひびきて

夫の忌に匂ひよき香を一つ供へ今年はつまし
二十五年経ぬ

在りし日の夫のみやげの腕時計ネジ巻けば動
くわれの机上に

常ならぬ雪多き二月夫の忌の過ぐればいくら
か力の湧かむ

相聞歌少なしとわれに言ふ友の老い患ひて寂
しくなりぬ

肌をさす風吹く三月に逝きましし友を偲びて
さらにむなしき

周平を共に語らむと一月前言ひにし友よ永久に声なく　松坂俊夫氏

亡き人を思ひて橋の上に佇つ枯草なびき雪解水ゆく

わびしさは言ふべくもなし老いゆゑに短歌を捨てし幾人の友

歌のえにし

歌のえにし今に続けり谷汲を案内しくれき三
十五年前

今少し生きたき願ひの五行日記眠らむ前のわ
れを支ふる

春の疾風吹き止みしのち夕光のしばし輝く枯
芝のうへ

雪どけを喜び野の道ゆきゆけど蕗のたう一つ
未だ芽吹かず

ＷＢＣの韓国戦に興奮し国家論争をするわれ
と子は

歌会終へ君を語りてなつかしむ庭の四季桜花
明りして

先生の遺影を中にわれら集ふ生ある限り歌励
まむと

先生が坊ちゃんと呼び頭なでし孫も此の頃を
とめさびたり

御衣《ぎょい》黄桜いまを盛りの花の下老いの病ひを互ひに語りて

山茱萸の花

山茱萸の花ほのぼのと咲き満ちておのづから
われ優しくなりぬ

この春は無事でゐてくれと医師の言ふ二度の
手術痕触診しつつ

子と嫁に気がねなく朝寝むさぼる日々山鳩の
声聞くべくなりぬ

入院を旅行中といつはれる友の心を沁みて思
へり

翁草生ふる川原を恋ふれども事多くして季は
過ぎゆく

児らに渡す通知票を失ふ夢目覚めし朝ひどく
疲れをり

朝の空を花曇りかと呟けり黄砂にかすむを老いは呑気に

「歌続けよ」君の声を聞く如し水量溢るる春の最上川

大平《だひら》のしるしに採りしやぶれがさわが庭にやはらかき緑増えたり

九十四の友は添削せよと言ふめでたき歌は妥協するのみ

阿らず

阿らず世に狭く生くるわが歌を独りの友がみとめ下さる

水木の花咲きそめし季友逝けり病めるわが身を案じくれしに

九年ぶり文明を語る君と会ふ笑顔も語り癖もそのまま

宮地伸一先生

年々に狭くなりゆく白龍湖に二つ三つ浮かぶ
植栽いかだ

手術後のわが身養ふ日々にして二年と半ば過
ぎてしまひぬ

黒き塀隔ちて幼く暮しにき老いてあひ会ふ亡
き親語りて
小田昭子さん

家紋のこと孫に語れり三つ柏は三河の牧野ま
た小諸《こもろ》の牧野

世は移り忽ちスーパー取毀され吾妻山なみの
全景が見ゆ

老いわれの返事してをり電子音は食器洗ひま
た風呂の温度計

雪残る峠越ゆれば湖の辺の松の林に春蟬の声

高原の雑木の蔭にむしかりの花を揺らして湖
よりの風

水動き眩しく光るひとところ浮草分けて鴨岸に着く

少年文明

百日紅のはや咲きそむるこの町を少年文明通ひしは遥か

「アララギ」の心守るを「青南は青南」と言ふ時は移りぬ

労られ助けられ来し記念館みどり濃き方竹の
前に佇む

再びの文明記念館に児ら遊ぶ「ともに遊ぶ日
もなく」の一首思へり

何鳥か窓をかすめる八階にわが身労り手足を
伸ばす

卒直にもの言ふと友に言はれつつ老ゆれば言
へぬことの増えたり

反戦の思ひ新たに甦り読み返しゐる小説「黒い雨」

一茎より三つの花咲く鷺草も今年の夏は早く終れり

ほのぬくきベンチに坐り心地よし夕べかげれる通学路に来て

とりとめなく過ぐしし夕べ書き写す友らの電話番号文字を大きく

秋の旅

さまざまの辛きことごとの消えゆかむ瑠璃色
の沼は見つつつ飽かなく

痩せこけし釈迦苦行像ををろがみぬ争乱続く
パキスタンより来し

念仏を唱へてをれば大仏のめぐりを飛べり黒
揚羽ひとつ

大覚禅師の銘ある梵鐘見上げたり七百五十年
経し音色を聞かむ

一本彫の楠の観音に救はれしいにしへ思ふ現
世を思ふ

草むらに玉紫陽花の咲き残り小林秀雄のみ墓
小さし

瑞泉寺の方丈に会ひたし雨降れば心残して通
り過ぎたり

大下一真氏

藤沢周平展

その孫と並ぶ写真の笑顔よし藤沢周平のある
日ある時

武術書の数々揃ひ木刀添ふる在りし日の書斎
に心を見たり

「蟬しぐれ」のヒロインの名の草稿あり「ふ
さ」一つ丸「ふく」二重丸

下級武士を次々と書く君の信念よ刀の鍔を文鎮として

周平さん手書きの節《たかし》の長き年譜究めし証とわが涙ぐむ

ラ・フランスの季巡り来て偲びをり果物好みし周平さんを

その娘が本に記しし周平の「普通が一番」の口癖うべなふ

君の油彩画

雪景色一瞬の光に変るとも君の油彩画は永久にうつせり

晴るる日の冬最上川輝けり金山平三の絵に心なぐさむ

歎かひはわれに尽きねど絵の前に大石田思ふ画伯を思ふ

桜紅葉散りしく庭に雨止まず今日の美術館は
出で入りしげし
金山平三画伯展に充ち足りて降る秋雨のなか
を帰りぬ

孫嫁ぐ

夫抱きし孫の嫁げり亡き後のこの秋二十五年
目にして

せめて孫の嫁ぐ日迄は生きたしと病みて思ひき今日叶ひたり

結婚式の準備に忙しき孫に打つ携帯のメールとまどひながら

教会まで長き石段を歩めるかと息子二人がそれぞれに聞く

母手づくりのティアラをつけてわが孫はバージンロードを今し入り来ぬ

衣擦れの音のかすかに孫の有記バージンロードを父と携ふ

仕事上の苦しみをわれに歎かひき孫は花嫁となりよき笑顔なり

冬の靄

冬の靄ふかぶかとしてわれを包み常の道なれど快き朝

独り暮しをしきりに憧れし十年前病みたる今
は子に労られ

かく老いてみなそれぞれの道ゆかむ心定めて
凍土を踏む

わが手握り茂太さんは笑みしまま来年は来れ
ぬと言ひ給ひにき

ひよどりの鋭く鳴きて飛ぶ行方低き雲の上を
走る雲あり

人に頼らぬ友の悩みのふえゆくか幻覚言ふを
慰めがたく

その時はその時と言ひしに子のなき兄病みて
わが子を頼るしきりに

冬靄に果見えぬ野をゆきて思ふ楽観的に老い
を生きよう

苛立ちの多くなりたる友を案ず孤独は安けし
と思ひをりしに

九十四歳君描く「飯豊山」賜はりぬあなたの
歌集に励まされたと

冬　桜

二〇〇七年

かをりうすき冬桜なれど心なごむ屋根葺き替への社の前

雪の町出て来て一日遊ぶべし赤き山茶花いづこにも咲く

七ヶ宿の雪見つつ来し蔵王町友ここに住むつつがあらすな

づけづけともの言ひ笑ふ友との旅老いの心の
明るくなりて

雪積る地に戻り来てポケットをさぐれば拾ひ
し多羅葉一まい

自らのこの後案ず兄弟の残るひとりの兄も倒
れて

気の弱き父に似たるか兄の言ふ手足はこのま
ま利かぬかもしれぬ

処分せむと手にとりし本に友の文字「君に捧
ぐ」とありてためらふ

戦時下にマニキュアしてゐる筈はない半世紀
過ぎてドラマの誤り

亡き夫の親友逝きぬ庄内浜に子に泳ぎ教へく
れにき

わが運転危ぶみながら孫はなほ駅迄の迎へ今
日も頼めり

二か月を携帯電話に遊びしが身につかぬまま
放りてしまへり

夫の忌

かく齢重ねてわれの悲しみは淡くなりたり夫
の二十七回忌

二十七回忌の父を言ふなく子ら二人経済不安
の先行き語る

かにかくに夫の法要すませたり老いては子らに侍む他なし

スーパー毀ち更地となりし広き区画二月の風は荒ぶ音たつ

高齢ゆゑ市の役員を断れば通り一遍の惜しむ言葉あり

明け方の雨風の音はげしかりりリハビリに励む兄は如何にや

何思ふともなく来る川のほとり水音を聞くひよどりを友に

春めきし雲棚引ける吾妻嶺見ゆ共に登りしかの人も亡し

兄逝く

少数の友に惜しまれ兄逝きぬその交りの深きに涙す

突然に子のなき兄逝きわが子らが心尽くして
葬りの準備す

亡き後を懸念もせずに逝きし兄かあまたの盆
栽は雪囲ひのまま

幼きより頼みにしたる兄なれど語り合ふ日々
少なかりにき

リハビリはきついと言ひしが最後なりき兄は
歩みて帰るを信じて

葬り終へ兄居ぬ家を振り返る春あたたかき雨にぬれつつ

亡き兄の齢にいまだ三年あり心揺らげど気ままに生きむか

老いの慰め

この道に聞こゆる谷川の音高し老いの慰めとわが行き還る

白藤の長き花房の一つ一つ蜜すふ虻のひそみて動かず

若かりし真下画伯の富士山は斜りけはしく土《と》牛《ぎう》に似たり

恋ひて来し最上川辺に友と立つ茂吉詠みにしデルタの照りて

虹が丘は久しぶりにて膝痛し目の前に茎あかきゆづり葉伸びて

老いわれにまだ力あり川《せん》水《すい》と並びし家子夫の
墓詣でむと

淘綾描く襖絵の前になつかしむ庭に雀の子今
日も遊びて

舟運の名残りの塀を見つつをり大石田往還を
歩む人なく

沼の水黒ずみて見え帯状の長き梅花藻やがて
浮くらし

ぶな林へ続く旧六十里街道はえぞ春蝉の一斉
に啼く

姥ヶ岳より湧き出づる夏の雲月山の頂を覆ひ
かくせり

化学を究むると

思ひしより広き一室を友は持つ化学を究むる
学生らとゐて

汗垂らし実験をせる学生に指示する友の厳し
き一面

雑然と実験具置く学生の机上にそれぞれぬひ
ぐるみあり

日曜日を励む者ゐて希みあり大学構内を友に
従ふ

なつかしき階段教室を見巡りて外に出づれば
青葉の匂ひす

セキュリティきびしき友のマンション前操作
にしばし戸惑ふわれは

蔵王山麓

九十の従姉とけふはあひ会へり蔵王山麓の霧
ふる宿に

亡き兄をそれぞれ語り偲びたり硫黄の香濃き
湯殿へ下りつつ

老いを病ひを気遣ひながら別れたり霧雨の道に栗の花匂ふ

健やかに在れとし願ふ若き日より頼り来し従姉物忘れしても

電話もて唐突に君は聞かせ呉るる鷗の鳴き声波寄する音

成行きにまかせて

成行きにまかせて此の頃荒立てず子と孫と過ぐすここ一年は

兄ののち盆栽はいかになりたりや独り思へば涙わきくる

老いの日こそ恃みとせしにそれぞれに生活ありて友離りゆく

老いの愚行と子に言はれまた購ひぬ家族四人分の皿と鉢など

諍ふを張合ひとして仲の良き夫婦を羨しむ夫
亡きわれは

和服着て若く写りしを遺影とせむ夭く逝きに
し夫に合はせて

生存者一割に足らぬ戦ひのさまおどろおどろ
しきを聞き書きせむとす

図書館に読まぬ新刊増えてゆくわれは此の頃
好き嫌ひして

孫の名を記せる2Bの鉛筆ありわが筆立に短き数本

干渉をせぬと心に決めしかど折々老いの心乱るる

手をつきて立ち上るはわれと友茶会の席のひととき和む

玉川温泉

ラジウムを含むあやしきこの温泉友とこはご
は降り立ちにけり

五十度の地熱に汗のふきだせりこの体感は初
めてのもの

不安持ちやうやく来りし湯治場に四国の人と
癌の話す

初めて会ふ病ひの人らと肩並べ熱き岩の上に
われら仰臥す

硫化水素匂ふも療養と恐る恐る箱蒸気にも入
らむとする

強酸性の湯は身にしみて合はざるか戻る階段
に両足重し

存へてまた来る日のありやなし硫黄噴きあぐ
る湯の川の傍

人ら寄る辰子像の金色好まざり湖岸泳ぐうぐひにかがむ

八幡平のあをき撫林眺めつつ岩盤浴の温みなつかしむ

盆地霧

盆地霧未だ晴れやらぬ置賜の道の側溝を水走る音

竹古び葛紅葉からむ竹垣に兄を偲べり結びくれし兄を

ただ固く手を握りたり腕白な生徒なりしが声失ひぬ

視力聴力衰へしかど孫に答ふ四文字熟語の意味を訊かれて

アンネ・フランク籠りし古く狭き階をかつて登りき昂ぶる心に

パソコンの世界に友は遊びをり張りあふ心すでに失せたり

老いわれを頼る友ありて訪ね来し林檎かがやく園の下道

腰痛み朝起きざれば襖開け息子が覗きぬ黙したるまま

霧こめて何も見えぬを幸ひと腰の痛みに一日を籠る

苛立ちも病ひのゆゑか老いゆゑか電話とるの
も苦痛となりて

三面川

稜線より流るる如く雨霧は谷の黄葉の木々を
覆へり

やや濁り三面川は岸を浸ししづまり渡る浪さ
へもなく

海の辺の社に咲ける山茶花の丈高くして花ゆたかなり

黄落の羽越街道に心放つ雨風冷えて照りかげるなか

冬近き空ひとときの萌黄色けふ日暮れむと鳥が音もなし

春来れば携へ吟行にまた行かむよき事思へば心浮きたつ

体だけ大事にせよと子は言ひぬ歳晩にしてゆとりなきわれに

カレンダーめくればつつましき心となるモネの睡蓮に妹偲びて

若き日の祖父母の写真に声を挙ぐ孫らに交り涙おさへて

男の曾孫二月に生るるを待ち待ちし祖父は逝きたりこの歳晩に

来む年にそなへ淘綾画「槍ヶ岳」掲げて自ら
の心励ます

昭和初期の不況に生まれしわれに母は一度も
貧を歎くなかりき

在りし日の夫はわれに楽天家の母似でいいね
と度々言ひき

銀杏大樹

二〇〇八年

茂吉先生仰ぎ見にけむ銀杏大樹春近き空にしろき枝張る

蔵王嶺の稜線淡く見ゆるのみ置賜の野は雪もやのなか

聳え立つ銀杏に偲ぶこの洞をテーマに書きし小田仁二郎

雪の上に二階より飛ぶ児らのゐて昭和の小学
校おほらかなりき

読めぬ漢字

つかの間の夢に立ちたる亡き夫に読めぬ漢字
を尋ねてゐたり

夫の忌は孫の受験日と重なりぬ雪掻きわけて
寺へ子と行く

たのめなき行末ながらよきことのあるを信じ
て夫の墓の前

共稼ぎゆゑ長旅はつひにせず若く逝きにし夫
をさびしむ

寒ゆるぶ今日を出で来て検診の医師と話せば
心やはらぐ

老いわれの守り笛とす幼き子の使ひしボーイ
スカウトの笛

遠からず嫁の母とも住む日あらむ夜更けに思
ふ世のしがらみを

年長者

年長者と常言はるるが疎ましくけふの集ひも
下座にすわる

共に歌を励み活潑なりし友春の矢先に病みて
臥すとは

春を待つ心に光る雲見上ぐ友はつぎつぎ病ひ
に倒れて

これからは無理は出来ぬとふ細き声をわがこ
ととして病室に聞く

君に寄せし思ひもいまは遥かなり三月の空の
あをを寂しむ

教へ厳しき文明先生わが言を頷き給ひきただ
一たびを

この歳になればと母もさすりゐき指の関節痛む此の頃

蠟梅の鉢持つ玄関の物売りを盆栽好きの兄とみまがふ

孫の去り口数少き食事どき心ひらかむと努めれど空し

暮れなづむ春のひとときを喜べば舗道を濡らし俄か雨降る

厄除けの大師に溢るる人に混り厄越えし老いのわれら祈りぬ

濁流の激ちを見守る長瀞の巌の上も雨のしとどに

若者でもけふは運航無理と言ふ店の女より花豆を買ふ

六十里越

六十里越辿り来ればこの沢にかつて栄えし宿坊五つ

緑萌ゆる雑木林に丈高き桐の花見ゆ母を偲べり

修験者ら集ひし社の裏の戸にきつつきの穴の数限りなく

茂吉泊りし重善坊は建て替り庭にみどり児の衣を並べ干す

度々を茂吉聞きにし山ほととぎす耳をすませど遂にきこえず

丸山薫移り住みにし岩根沢雪残りゐて山桜咲く

喜びて友らが撞きし鐘の音山ふところにひびき渡りぬ

疲れたる足重きわれに聞えくる銀山川のかじか鳴く声

喘ぎつつ登り来し茂吉歌碑の辺に文珠谷のせせらぎ高し

飯豊の峰

六月の雨雲低く雪被る飯豊の峰は孤立してをり

何をするも自由と気取りしわが暮し病ひと老いに消極となる

労らるるに馴れて術後の三年過ぐこの後は己れの力で生きむ

わが老いの行末語れば批判とも肯定ともつかぬ息子の返事は

蔵書より長男は大漢和辞典をとり二男は一冊もいらぬと言へり

癌手術の二つの疵痕うすれたれど安らぐすべ
なしわれの生活は

独り住まひの孫三《み》月経て太りたりわれは単純
に喜びてをり

たをやかな腰のうねりの菩薩像現世と浄土を
つなぐ思ひす

老いて病み平凡が幸せと身に沁みぬ今年のあ
かき桜桃摘《つま》む

戦後求めし万葉秀歌手元に置けど病みて此の
頃開くことなし

古文書を始めて習ひ昂れり島津齊彬の書状に
挑む

かくばかり老いて咽せるは侘しきかな黒揚羽
窓をよぎりゆきたり

老いたれば気を揉むわれを子が案ず惚ける兆
しと威しをかけて

曾孫を抱く

曾孫抱きうつしゑの夫に見せてをり盂蘭盆近きけふの喜び

夫の里の家業を継ぎし妹の俄かに逝きぬ健気なりしが

生き死には運命なれど高齢者の検診に今朝は心急きゆく

共に旅を企てし友が病室より涙声にて断りを
言ふ

在りし日の兄植ゑくれし麝香草かをりさやけ
くいま盛りなり

貧しき心

半世紀を貧しき心に続け来し歌をやめれば残
るものなし

筑波嶺に「アララギ」思ふなかんづく長塚節
友らと登りき

七人に減りたる会に七人の未だ惚けぬを喜び
あへり

老いの歌詠むなと友がいましめぬ夜半の目覚
にふと思ひいづ

夫の墓へ行かむと出でて菩提樹の木下に聞け
りひぐらしのこゑ

兄も亡く妹も亡きわが残年如何にせむとか盂蘭盆過ぎぬ

あと三年車の運転したく願ひ転移おそれて受診かかさず

チベットの弾圧は秘し貫ける北京五輪の恐るべき闇

葭茂り埋れむとする沼の上鷺乱れ飛ぶ日の出づる前

亡き夫の誕生日の新聞記事俳人勝田文相は子規の弟子とふ
人の為いくらか役に立ちてゐるこの自負をまだ持ち続けたし

菩薩像

菩薩像は両手失へど笑みてゐますます癌病むわれを救ひ給はな

再びは詣づるなけむ堂に見ゆ月山の頂き遥かに円かに

健やかに観音巡りに従ひて彼岸花咲く道に憩へり

子《ね》の年の開帳なれば信者絶えず友は満願の札をいただく

登り龍の倶利伽羅不動に雨乞をひたすら祈りし村人偲ぶ

彼岸会

夫亡き後に生まれし孫二人に恋の話聞く彼岸会のけふ

幼き日に貧しく住みし跡に立ちあざやかに浮かぶ家の間取も

母の齢を十年越えしと思ひつつ紫蘇の実を扱《こ》く足を伸ばして

湧く霧の流るるはやく夫斂まる寺山見えて心落ちつく

どの道をと一瞬迷ひ行き過ぎて己れさびしむ心湧きたり

「幸便あり」今日の運勢頼みとし玄関に立つを友ら笑ふか

控へ目に言へど己れを通す友を怖れつつゐる若きよりいまに

あまた咲く白き花穂は何ならむ近寄りて知る
晒菜升麻と

未来ありとわが思はねど新しき車を求め日々
を楽しむ

中学生に短歌教ふれば月並な礼状のなかに一
首ありたり

色あせぬままに咲きゐるのこん菊夕べの雪も
大方消えて

蔵書印捺し楽しみし亡き夫よ今にして図書館へ寄贈も難し

刈田の靄

この朝雲間より日の光差し刈田の靄のわづか動けり

山頂の茂吉歌碑迄歩めるか友らは誘ひわれはためらふ

薬一つ減らすを医師は不安がり薬剤師は良くなる証拠と言へり

保証ゆゑの破産を父は語るなく少女われに日記を勧めき

会果てておのおの立つに手間どれど再びの会ひ約束したり

正月にかかせぬと莧《ひょう》干しを売る媼亡き母に似ればつひに買ひたり

半年ぶりに会ひたる孫の大人びて転ばぬやうにと支へてくれぬ

愛子《あやし》とは良き地名なりその駅に離れ住む孫と待合せたり

ポプラ高く街路樹続く雪道に心浮き立つ宮城野に来て

降る雪に水面の見えずさらさらと川音響く峡のいで湯に

雪の月山

二〇〇九年

遥かなる山と思ひしが今日来り仰げば神々し
雪の月山

葉の落ちし欅大木の梢の巣鳶一つ去り風に乗
りゆく

港町の古き料亭の古今雛二尺に近し目を見張
りたり

飼料肥料積むと文明詠みし倉庫この冬は新米
余剰米の山

鳥インフルエンザ防止に餌やらぬ白鳥ら川面
に動くともなし

人間と鮭の生態等しく言ふ店主の一途な生き
方もあり

生臭く寒風干しの鮭匂ひ話し好きの店主慇懃
無礼

花をもつ椿の垣に雀らの寄りてまた散る海風吹けば

潮ふくむ風受けて歩むひとしきり旅ゆく喜び心に満ちて

造影剤

造影剤に老いの体の火照りくる検査に耐ふる気力のこりて

担当医が短歌のこと言ひ励ましぬ笑顔に変る
われの単純

タオルにまで名を書き記し二度の入院手術受
けしより五たびの冬

兄弟も夫もはやく逝きしわれに性明るしと看
護師の言ふ

おぼつかなき歩みなれどつつがなし術後五年
過ぎ望みを持てり

障りなきけふの一日に安らげり周平の小説一篇を読む

福寿草咲けるに雪の降り止まず二月尽日雛飾らうか

父母の肖像画

若かりし父母の肖像画に語りかく兄も姉も亡く一人残りて

口だけが達者と共に言ひ合へり雪囲ひの縄わがほどきつつ

剪定せし桃の小枝を瓶にさせば二日の後に色濃く咲けり

母を看取ると帰るさ茂吉の見給ひし赤湯の沼を丘に見放くる

木々はみな煙るごとくに潤ひて万作の花ほころびはじむ

庭土に移しし翁草すべて失せ一つの鉢の花見事なり

いくらかは形崩るる樹氷林下り来て仰ぐ輝く蔵王嶺

やまがらかしじふからか春彼岸に夫の墓の辺に来鳴くは嬉し

倒産時に母持ち出しし塗皿を思ひ付き拭きまた蔵ひたり

時経れど算額の図式鮮やかなり老いのわが身
にはすでに埒外

忽ちに朴の巻葉の広がれる萌黄の色に今朝は
気づきぬ

田打せぬ切株のままの一区画入り日に照りて
あたたかく見ゆ

倭舞

少女らがしづしづと舞ふ倭舞にかつてのわれを重ね見てをり

放鳥の朱鷺の一羽が海を渡り米沢の田に餌を啄む

長男が亡き夫の齢越えしこと心にとめず過ぎたりわれは

花の下浮遊感ありかをりあり行き戻りする老
いの歩みに

柔軟な心に生きよと諭すごとその詠みぶりの
視野の広さは

突然の腰の痛みに耐へて歩む街路樹のみづき
今花のとき

腰を病み佐渡への旅も断りぬかの島を彩る甘
草おもふ

障りありて母の忌日に詣でざり若き母恋ふ桐
の花恋ふ

戒名を貰つたと老いの友に聞き虚しさつのり
春の過ぎゆく

新斎場見て来しわれを子は叱る知つてる人に
会はなかつたかと

梅花うつぎ

梅花うつぎ散りゆくを見つつ肯定す人には人のわれにわれの道

介護受け施設に暮らす友の歌なべて感謝の心こもれる

耳遠き友と語らひ帰る道彼方の森より郭公の声

腰痛み誘はれし茶会断わりて何故か心のよりどなく過ぐ

竹に降る雨音に覚めうらさびし六月の夜明けは意外に遅く

法要にゆけぬその夜の夢の中亡き妹と何か語りをり

白衣の天使

将来は白衣の天使と一筋に決めてゐたりき十五歳われ

戦死せし従兄の遺骨は南方の島の砂にして波の音する

終戦の日は確かに曇り空さは然りながら往時茫々

戦没画学生展を三度訪ふ八十歳わが償ひとして

限りなく青き空描きし絵を遺しマレーの荒地に戦死し給ふ

白澤龍生先生

「生きてかへらねば絵をかくために」とメモを遺し学生君は戦死す

「硫黄島からの手紙」に涙垂る八十歳の今年の八月十五日

龍胆を夫の墓に供へつつ来年は来れぬと独り言いふ

ただ一度わが歌を色紙に書きくれし三十年前の夫思ほゆ

窓ぎはにとぎれとぎれに蟋蟀鳴く盆提灯を蔵ひて居れば

岩燕

しろく滾つ摺上川の水の上声低く鳴く岩燕ひとつ

美術館へ行くも面倒と取り止めて湯を浴び老いの語らひとなる

三日間世を隔てたる思ひあり明日は帰宅かと友と気落ちす

県境の合歓の大木は花の盛り山霧はいまし晴れあがりつつ

雲間より西日差しくる沼の上未《ひつじ》草の花開かむとする

世の移ろへば

嫁に借り「1Q84」二巻読む世の移ろへば
心動かず

レストランへの子の誘ひを断りぬ身勝手とな
る老いてますます

俄かなる永久の別れに坐り込む供へし百合の
かをりの中に

年老いて悔いも迷ひも残れども淡々として人
を羨まず

ひそかなる誇りとやせむ十五年町の菊人形解説文書きて

十六夜の月

いまだ日の眩しく照りて山並の低きが上に十六夜の月

小学校にかの日勤めし同僚と亡きを数ふる秋の集ひに

酒飲めば名を呼びすてにする友の今宵はやさし老い深まりて

若き日に勤めし村を過ぐるとき白菜一株呉るる老いあり

友の医院に電車の音をなつかしむ窓より秋の日差し及びて

つれづれに家を出で来て今日は見る蝦夷龍胆の花黄の糸蜻蛉

内視鏡検査事なく安らぎぬいまだ夏めく九月の空見る

老いわれの脳を鍛ふるＤＳゲームむきになりたり日の暮るるまで

紙縒よるを父に習ひし少女の日稿書き終へてふとよみがへる

心萎えて

心萎えて思ふ文明の一言を「歌が好きならそれでいいよ」

立ち上がる動きもにぶき自らを励まして来つ友の葬りに

老いて病みこの先を煩ひ何になる残る命を自在に生きよう

永らへしゆゑ新政権の世の動き見得しと伝ふはやく亡き夫に

その夫を看取りてすぐに逝きし妹詮なきこと
と思へどあはれ

歌会の席われの隣りに移り来し君も逝きたり
時はかへらず

身をまもることに終始し世にうときわが生き
方を子も認めをり

稲穂刈る畦にわが立ち待ち待ちぬはじめて曾
孫が歩み来るを

人前に立つをためらふわれなれど出づれば若きらと会話がはづむ

笠　雲

置賜の空晴れ渡り雪白き蔵王の嶺に笠雲ひとつ

この年の峠の紅葉散り果てて時雨はけふも風をともなふ

荒縄を器用に巻きて枝吊るをしばし見てをり雪近き午後

野分吹く道に真向かふわが体支へきれずに戻り来りぬ

母にまねび恵比須講の札貼りぬ母より十年長生きをして

不自由な体となりて嫁の母と共に住むなり共に気兼ねして

何するとなきわれを子が誘ひくるる色仄々し
冬桜の前

わが町に来給ひしは十四年前丘に連れだち白
龍湖見き

小市巳世司先生

「共に新たに」と詠み給ひにし創刊の一首を
思ふ君の亡きいま

葉の落ちし朴の梢に鳶ひとつ止まり動かぬ師
走の日和

人前に出るを避けつつ老いわれの生き生きとせる歌会の席に

元旦のひかり

二〇一〇年

吹く風は雪捲き上げて元旦のひかりは忽ち消えてしまひぬ

きほひなく新しき年迎ふれど孫の帰れば俄かにさびし

日没にわづか光りゐる白き空祈りの心われに湧きたり

衰へし心のままに自らの予定をたてて侘しさまぎらす

夜明け吹く北西風に目覚めたり師の歌集写ししわれ若かりき

春待つ心

夫の忌の二月はわれに心重し今日の吹雪はかの日のごとく

夭く亡き夫を偲ぶ寺の辺に二月の川の水走る
音

二月半ば朝の空のあを淡き春待つ心にしばし
仰げり

変りなく今日も明けしが老いの立居のろのろ
として朝餉に遅る

出征する兄を中心に親子七人写れり昭和十八
年のこと

七名が揃ひて撮りし親子の写真今世に在るはわれ一人のみ

子の思ひ無視してわれは頑に思ひ通せり悔ゆることなし

「赤光」を改選したる茂吉を思ふわが歌おほかたおざなりにして

雨止みて雪原一面ほうほうと靄立ちのぼる春は間近し

年々のおもひ異なる雛飾りこの春ひとり孫思ひつつ

フリージア

農道の傍の畑に老い二人桜桃の芽を今日も摘みをり

向かう岸近くに餌採る嘴広鴨の白と朱の色鮮やかに見ゆ

沼岸の柳の萌に大鷺の飛び来りしがすぐに去りたり

亡き夫の好みしフリージア香にたちぬ供へくれたる友ありがたし

老いて今は競ふ心の失せたれどかつての友と語るしばらく

知る人のみな早く逝くを悲しみつつ雪囲ひより芽吹く鉢出す

現身のわが侍みゐる目と足の力尽くる日をおもふ此の頃

若く貧しくわが住みたりし古き家甥が暮すを喜びとする

小田仁二郎を縁に寂聴と並びゐて共に微笑む写真一葉

人の為尽くし自らも楽しみしみ命と思ふ君亡きいまに　菅野俊男氏

笑顔にて小田仁二郎を寂聴を語りし君を頼り
訪ひにき

小鳥らのむれ

鶯の声をはじめて聞くと言ふ孫と花咲く参道
歩む

花の下長く歩みきて息をのむ最も色濃き滝桜
のまへ

老いの好み老いの度忘れ書棚より抽き来て再び同じ本読む

あかときの目覚めに見ゆる青淡き空を行き交ふ小鳥らのむれ

此の頃は耳も遠いと言はれしが子の卒直さは咎めだてせず

皺む手を気にしハンドルを握りをり孫は「若いよ」と車に乗り込む

最上川の風

大石田へいざなはれ心ときめきぬこのわれを
友ら守り下さる

大淀の水面に春の日の差せば萌黄の色に忽ち
かはる

五月晴にそそり立ちたる桂三本しばし仰げり
聴禽書屋に

臥す君を慰めむと描きし雀らの生き生きとし
て水浴ぶるさま

左千夫の歌相寄りてわれら口遊む苦しみ歎き
し青春の歌

大橋の上に立ち止まり実感すこれが大石田最
上川の風

母を拾ふと茂吉詠みにし火葬あと春の日照り
て雉子の遊べり

藤沢周平記念館

空木の花今を盛りの狭間路を抜ければ棚田に
草引く人あり

映像の海坂に風の音のして写真の君は微笑み
てをり

雪を懐ひ人を懐ふと記しあり心尊しまざまざ
として

狭かりし書斎に君の在すごと「歴史読本」
「気象」積みたる

湯野浜線廃止のレールの断片を周平用ゐき文
鎮として

居合抜き詳しく調べ小説に生かしし君のこの
ひたむきさ

鳥海山はかすみかかりて淡々し庄内平野はい
ま田植どき

苗植ゑしばかりの広き水田を鴫の数羽が横ぎりてゆく

由豆佐売《ゆづさめ》の社の前の空地に立ち七内旅館の茂吉恋ほしむ

なぎわたる海に潮目あり子規もここに明治二十六年飛島を見き

海上に照り映ゆる紅うすれゆき七時九分日没終へぬ

夫の墓前

姪が来て姉の遺骨を持ち帰りぬ故郷はいよよ
さびしかりけり

姉の位牌守るともわれは言ひきれず梅雨空の
もと寺をあとにす

降る雨に伸び放題の木々の下蛍袋のあまた咲
きたり

看板屋が暇ゆゑよき茄子作りしと甥は持ちくる得意顔して

政治不信も殺しのニュースも見過して何するとなき老いの一日

孫らとの語らひ長からず盂蘭盆の窓辺に見上ぐ白き六日月

三十年通ひし坂に息づきて今年も来たり夫の墓前に

夏の日のいま沈まむとする光湿地の沢桔梗しばし明るむ

友去りて住む人のなき一軒家欅大樹の守るが如く

霧の流れ

雨あとの霧の流れに遅早あり入りゆく峡路の右の山左の山

「はてしらずの記」に知る明治二十六年ここに宿りし子規を思へり

十一階の窓の辺にしばし楽しめり山あひの霧登りゆくさま

穂の垂れし稲田を渡る風を受け子と歩むのもあと幾たびか

鳥の巣箱並べて売るに寄りゆけば秋の風吹く最上川より

お互ひに歳重ねるはさびしいと言ひ誕生日祝ひに桃をくださる

飯《いひ》豊《で》山の上の六日月黒雲にかくろふとすぐ雨の降りいづ

久々の雨にうるほふあららぎの小さき実いくつ色づきてをり

誰も来ず便りも届かぬ昨日今日独りこもれば蟋蟀の鳴く

施設に暮す従姉はわれを見つめつつ母親に似ると三度言ひたり

手折りくるる紫の小花は友禅菊名も花もよし夫に供へむ

歌に生花に努め努めき友病めりわれの呑気さ分かちやりたし

この秋は集りの予定数回あり叶へむとする心勇みて

小田仁二郎生誕百年

再びを寂聴さんに見ゆるか碑建立より十九年ぶり　（小田仁二郎文学碑）

五十年前の恋文公開す瀬戸内寂聴揺らぐ心なきや

八十八歳健やかに在ればいさぎよし愛の書簡さらす二百通余り

お互ひに励まし合ひし若き日々まざまざとせる一通一通

夜中には傑作朝は駄作とあり歌詠むわれに相かよふもの

小説の結末に迷ひ意見聞く仁二郎を思ひ心やすまる

抜粋の二十数通一気に読み老いのわが胸鎮まらずして

彼の小説いかほども読まざりきすべて知り尽くす人を敬ふ

八十八歳の寂聴さんに会へるを待つ小田仁二郎を如何に語るか

生き方の様々あらむこだはりなしこのわが思ひは老いて得しもの

健やかに世にある記念と思ふべし人前に立ちて話する幸せ

小田仁二郎学習会

大石田資料館

わづか濁る最上川のひとところ秋の日まぶしき光をかへす

最上川の川べりを車に通り過ぐそれのみにして心和ぎたり

この川の水張りて流るるに君を守りし板垣家子夫おもふ

聴禽書屋に茂吉先生臥ししさま語りくれたり畳なぞりて

えぞ榎の大樹のもとにわれら集ひ梢仰ぎて君を偲べり

資料館にしみじみ味はふなかんづく茂吉の手紙小松均の絵

月山へ辿る細道描きましし掛軸の前淘綾さんを恋ふ

向かう岸へ鉄線伝はる船に乗りし若かりし日の秋の黒滝

日の落ちし余光の中を帰り来ぬ大石田の最上川心に置きて

杉落葉

谷川の水音澄みて快し幾年ぶりに杉落葉踏む

それぞれの病ひはあれどかにかくにいで湯に
集ひ語らふ幸せ

足はまだ大丈夫と思ひしに今日階段に二度も
つまづく

老い増して心は脆くなるものか子の入院にな
す術のなし

十五夜の月皓々たりおのづから祈る思ひに手
を合はせたり

誰に告げむかなしみならずひたすらに努めをりしに酬いらるるなし

老衰の鬱憤はらすにふさはしき筒井康隆現代語裏辞典

枯芝の庭に飛び来し立羽蝶この夕空のいづこへゆくか

今しばし生きたき希ひに孫を待つ会ひてもさして話なけれど

わが部屋に遂に緊急呼出し装置喜ぶべきか悲
しむべきか

雲流れゆく

二〇一一年

四日降りし雪止みてよりゆるやかに東へ雲の流れゆく午後

熊野岳に長男と登りしも遥かとなり吹雪の中の歌碑をし思ふ

「年老いて」の茂吉の一首諾へり息子に語気を荒げたるのち

新内閣にもさほど恃まぬと独りごつ食後の薬
いくつか飲みつつ

政界がどう変らうと煩ふなし八十二歳残生幾
許

老いらくの恋を覚ゆるつかのまあり時に著名
人時に名も知らぬ人

今に在らば如何なる老いになりしかと父を言
ふ子に口を噤めり

パソコンを打てるだけ幸せと潔し子の麻痺の
回復まだ遅々として

退院せし子は心もとなき歩みなり老いたるわ
れに笑みをみせつつ

成るやうになると思ふ他はなしわが残生も子
の患ひも

寂しいねと友が案じてくれし歌時にはあるよ
気儘なわれにも

除雪車

明け方に除雪車の音聞こえくる夫逝きし日も
雪深かりき

夫逝きて三十年目の立春か何を今更老いの孤
独など

百年を生き給ひし土屋先生思へば惚くるなく
生きたきものを

父母よりも長く生き来て最後ならむ車の免許更新の年

農業国に自由貿易は否と言ふにアメリカの意のままなるを歎かふ

精もなき此の頃と言へど先生は雄弁にして歌評容赦なし

歳のこと思へば弱るわが心思はずに過ぐさむ見栄をはりつつ

人の生の計り難きを沁みて知る励み歩みし友
の突然死

健康法共に語らむと賀状の友ひと月後に逝く
とは思ひ見ざりき

共にケルンの街歩みにき扇畑先生今年の二月
生誕百年

三月十一日

激しき揺れになす術《すべ》のなくよろめきぬ新潟地震以来の強度

心優しき幾人の隣人に手を合はす夜に灯油をパンをいただく

老いといへど家に籠り居てよいものか地震津波原発の惨状

新潟に友とガソリン買ひ求め分かつと言ひし甥その夜に中《あた》りぬ

甥を頼り迂闊に過ぎこしわれの悔い生きてゐて欲しと神に縋りぬ

生家守る甥突然にみまかりぬいまだ温き手をただ握るのみ

常にわれを案じし甥が先立つなど思ひみざりき涙せきあへず

悲しみを言へば往生せぬと聞く終の別れに声なき涙

よき友ら集ひ嗚咽のやまざりき飲み合ひし度度の追憶言ひて

その苦労よく知るわれに嘆かひき甥は仕合せの今を逝きたり

野辺の送りに少年らが野球帽を振るコーチたりし甥本懐なりや

震災後突然甥のみまかるはストレスなりや悲しみ更に

震災後倒閣を言ひ合ふ政治家よ被災救援が先ではないか

雪折れ枝

庭の木の雪折れ枝を集めをり春の朝寒く風強きなか

度たびの余震怖れぬ癖つきぬ毀れるものは畳に並べて

国を憂ひまなこ凝らせどすべもなしただしなやかに生きたしわれは

悲しみは互ひに言へず若き日の街並みを言ふ廃れし通りに

貧に耐へ母が乏しき炭を入れき龍を彫るこの銅の火鉢に

被災の歎き寄せつけぬ如き飯豊の嶺茫然と仰ぐ白き輝き

職場変る子は連日の勤務となり夜明けに帰るほとほと疲れて

菌打ちて育てしなめこを幾度も甥はくれにき友の伝授と

雑学をよしとして何でも読みしわれけふ選びたり「老の才覚」

友ありて

友のよすがに峡深く入る青葉なかほととぎす
鳴く声の間近く

夜叉五倍子《ぶし》の花白く垂り目に著し心にとどめ
むこの山の家に

藤の花過ぎ方にして色あはし峡の日陰に残る
雪あり

岩魚釣る人びともをり分け入りし此処は飯豊山登山口なり

幼き日をふと懐しむ木彫の鯉の自在釣あり黒く煤けて

風渡る湖に浮かべる鳥ひとつ忽ち日かげりわびしくなりぬ

友ありて緑かがやく日ざしの下《もと》湖沿ひ辿りぬわが忘れめや

夏椿

夏椿の花目の前にいくつか落つ命を惜しむ思ひに居りぬ

内閣の支持も不支持も傍観し桜桃の大小を選りゐるわれは

山裾の栗の林に沿ひゆけば栗の花匂ふ母生れし村

ヴィヴァルディの「四季」を知らざりし劣等感消ゆることなし六十年を

須川の音聞こゆる宿に仰ぐ蔵王雪のはだらのスキー場見ゆ

だみ声に鳴き渡るのは五位鷺か目覚めて急ぎ窓によりたり

九十二歳の従姉逝きたり若き日を共に住みゐて世話になりにき

三月より苦しみいくつ重ね来ぬ若葉のときよ
立直るべし

ななかまどの花ぽつぽつと咲きそめて朝より
庭に椋鳥がくる

眼は良しと驕りてゐしに今日は知る動体視力
〇・三とは

朝より心落ち着かぬ高齢者講習終りてみれば
然程のことなく

蟬の声

蟬の声はじめてと友は喜びぬ両耳の小さき補聴器示して

亡き夫が続けて求めし三省堂新書四十年経てはじめて読みぬ

世の中をわが行く末を思ふとも再び眠る図太さのあり

諦めも多くしてわれは家ごもる古き写真を見て独りごちつつ

戦中派にてやさしき英語も読めぬわれあの敗戦の虚無感思ふ

エノラ・ゲイにて原爆落しし軍人も逝きまた敗戦記念日が来る

いくたりの友施設に暮しをりこの家に終らむわれの願ひは

立葵好みし友もみまかりぬ心ゆらぎは秘めて終るべし

老いわれの心は躍るなでしこがアメリカに勝ち優勝したり

硫黄泉

路の辺の薊ひとときは色の濃し疲れしわれの心寄りゆく

晴れてすぐ忽ち曇る山あひの路を歩みて幾歩
も進まず

硫黄泉の近く流るる谷水は白々と丸き石くれ
目だつ

穂芒は晩夏のひかりに照り映ゆるこの高原に
半日過ぐす

天つ霧にお釜は見えぬと歎かふに見えぬが常
と慰められぬ

薄明の古きこの宿に聞こえくる油蟬の声秋虫の声

雨上りの風の荒しも嚏しつつ山の湯宿に別れを惜しむ

怠惰の日

怠惰の日を過ぐしきて急に思ひたち戦争記録の文書かむとす

災害に関はりて死する人多し年老いしわれには人ごとならず

夫の仏前に一人寝るも三十年茫々として衰へしるし

吹く風の秋の気配せる庭に出で老いには老いらしき体操をする

手術後の声嗄がれし同級の友の電話にひとまづ喜ぶ

けふは徒然だと言ひゐし母を思ひ出づ今更に
して身に沁むわれは

あたたかしとわが手握りしめ臥す友のか細き
腕に思はぬ力あり

夕暮はとくにさびしも吾妻山光移ろひあをく
暗くして

熊野岳に登ると出かけし息子夫婦断るにせよ
誘ふを待ちしに

紅葉の蔵王を見渡す己のさま十年前のかの日
思ひ出づ

わが余生あと幾許かと思ひつつ十五夜拝む母
のせしごと

意地張りて居れどときをり弱りゐる老いて人
の為尽くすは難し

恋秘めて嫁ぐなき友の老いそめぬ読書も長く
続かぬといふ

寂聴師讃歌

すぢ雲のうすくかかれる十六夜を寂聴さんと
共に見上ぐる

車椅子の寂聴さんは朗らかに歳より若いねと
われに言ひたり

時折に鋭き問をなさりしがすぐに返せず迷ふ
時あり

小田仁二郎の故郷を見渡せる寂聴さんのおもひは如何に

携帯にて失恋の悩みに応へゐる師の活力はいづこよりくる

老いの身を託《かこ》ちてゐしが人に尽くす寂聴さんに会ひ心昂る

相手の心忽ち見抜き軽妙な言葉にかはる楽《がく》のごとくに

代受苦を説く師の言葉胸に刻む生きねばなら
ぬ悩みあるとも

久しぶりに会ひしドナルド・キーンは歳老い
た寂聴さんのその卒直さ

講演すみすぐさまビールにて乾盃すあらはに
安堵のお顔となりて

仁二郎をふるさとに広めしあなたへとわれに
呉れたり受けし花束を

また会ふ日巡り来て欲し空港に寂聴さんの手をとるしばし

晩　秋

足腰を鍛へむ気持ちもゆるびきて三階へゆくエレベーターに乗る

被災せし陸前高田の児らの声修学旅行か心にぞ沁む

楢もみぢの今盛りなる磊《らい》々《らい》峡藍の水見えず石
の重なり

再びは見ることありや紅葉の中たぎち落つる
滝心にとどめむ

為すことなく孤独のゆゑか若きらと会へば口
数多くなりたり

蔵王山に雪降りて思ふ若き日を怖れ気もなく
スキーに下りき

降る雨に濡れ咲き残るほととぎす雪囲ひせし
板のすきに見ゆ

十五年勤めし母校の小学校二度建て替へられ
ぬ面影を追ふ

かく老いてふと懐しむ若かりし恋に少しの未
練のありて

往信を投函せし後に気づきたる己れ老いたり
とさびしむ今日は

晩秋より初冬にかけて濃き靄に沈めるわが町置賜盆地

声偲ぶのみ

年を重ね孤独の日々を生くるわれに悲しみつのる利枝夫人の死

話したくなつたと電話下さりき今は叶はぬ声偲ぶのみ

数多の本積まれてせまき君の家に欅の歌をかの日賜ひき

あなたは正直ねと言ひ給ひし健やかなる笑顔ありありとして

度々を仙台に来てと言はれしに果さぬ悔いあり涙溢るる

残るわれに長きえにしの途絶えしか安らかなれとひたに祈りぬ

何事もひたむきなりし友逝きぬ星を星座を次々詠みき

雪深きこの歳末に忽ちに過ぎにし友を思へば切なし

鋸を使ふ手力われにあり新年に活けむ庭竹を伐る

新しきカレンダー手に一年の望みをつなぎ自ら励ます

空あをく

二〇一二年

空あをく雪の降りくる元旦なり今年も健やかに生きたしと思ふ

けふ一日恙なしと独りごち夜の吹雪の荒れし音きく

埋もるる車の囲りの雪掘れど動かす力失せてしまひぬ

家ごもる一日寂しき夕つ方三十年ぶりの友の
電話は

雪深き如月七日夫の忌に己れに言ひきかす亡
き者は亡し

若くして夫と嘆きし日々を思ふ共に住みにき
古き家の前

笑顔にて夫が長男を抱く夢明け方の浅き眠り
に

在りし日の夫を知る友また逝きて語りくるる
人稀となりたり

新婚にてやうやく求めしラジオ伝へき茂吉先
生みまかりしことを

如月の雪積む朝小さき鳥ひとつ飛びゆくに心
なぐさむ

震災より早し一年亡き甥のやさしさ偲べばた
だ口惜しき

雪どけの川音響く寺のふもと亡き面影のしきりに浮かぶ

春の嵐

春の嵐いまだ残れば朝雲は東へ流れ束の間に消ゆ

茜色の夕日は庭の雪を染め安らぐわれのしばらくのとき

雪残る岸の川柳ほつほつと芽ぐみはじめて銀
にかがやく

午前五時部屋の明るみ春めきぬ今暫し生きら
るる思ひす

気力湧きて戸惑ひのなく階段登る孫住まふ部
屋を訪ねて

就職とはこんなに辛きものかと孫の言ふ同じ
思ひす若かりしわれも

見も知らぬ若きらと聴くコンサート気負ふでもなく気兼ねするなく

母の歩み遅きにわれはせきたてき老いて気づけり重き手と足

たゆき足鍛へむと来てみ社の石段を仰ぎ帰り来たりぬ

やうやくに連翹の花咲き出づる未だ雪囲ひはづさぬ庭に

登高望遠

はやぶさは六十億キロを還り来ぬ老いの心に
はやるものあり

一冬に茶色となりし八つ手の葉落して待てり
ぬくき日差しを

鉢物の芽吹くそれぞれ並べたりどの鉢が何か
すべて忘れて

生きてゐればよきことのあり思ひがけずふるさとの校歌作詞の依頼

ひさびさに美術館を見巡るも子の労りと後で知りたり

卒直に言ひて疎まれし若き日のままに老いたり改むるなく

「登高望遠」の師の句尊びき登るに難きわれとなりたり

楢若葉

行き難き齢となりて懐しむ奥沢の道亡き妹の家

いつときに緑萌えたつ庭芝に雀が去りて鶯が来てをり

縄文期の西ノ前土偶を誇りとす斬新な女型はいと不思議なり

楢若葉揺らして風の強くなり狭間の道の光夕づく

風凪ぎて雑木のあひの遅桜ほのかに匂ひ心寄らしむ

前へ進め変れと言はれても旧きままわれも頑アララギ残党

老いて学ぶ古文書講座に音読しそれぞれの声揃はぬも楽し

金環日食

金環にわづかに足らぬ日食のさま心はづみて
若きらと語る　南陽市民天文台にて

労られる身は安しともさびしとも五加《うこぎ》の垣は
高く枝伸ぶ

大義唱へ増税せむと説く総理大義などとは口
実にならず

なりはひに疲れし人の増えゆく世改革して欲
し一刻も早く

文明の「木花之開耶姫」の色紙掲ぐ深き教へ
は一世忘るまじ

わが生のいまを愛ほしむ絶えまなく世は進み
ゆき変りゆくとも

あとがき

平成十七年に、もう後がないと思い病室で整理し編んだ『流暉』以後、平成二十四年初夏までの「青南」「群山」の作品から七一〇首を自選して収めた第五歌集となる。

今まで、幸いにも生きることができたのを感謝し、ありのままの過ぎ来しかたを記しておきたいと思った。老いと共に作品も衰えるようだが、歌集名は心象的な『蒼茫』とした。

昭和四十六年、「アララギ」入会を勧めてくれた加藤淘綾画伯が下さったカットを使わせていただいた。

地元の宮内アララギ会で、月々お導きいただいた金子阿岐夫先生には、原稿にも助言を賜わり心から御礼を申し上げる。

併せて、群山叢書第二七〇篇として下さった徳山高明編集長、出版の労をおとり下さった現代短歌社道具武志社長、今泉洋子氏に深く謝意を表します。

平成二十四年七月上浣

牧　野　房

歌集 蒼茫　　群山叢書第270篇

平成24年8月5日　発行

著　者　牧　野　　房
〒999-2222 山形県南陽市長岡515-1
発行人　道　具　武　志
印　刷　㈱キャップス
発行所　**現　代　短　歌　社**
〒113-0033 東京都文京区本郷1-35-26
振替口座　00160-5-290969
電　　話　03（5804）7100

定価2500円（本体2381円＋税）
ISBN978-4-906846-13-9 C0092 ¥2381E